별의 길

별의

길

양세형 시집

이야기장수

시라는 것에 대해 잘 모릅니다.

1985년 8월 경기도 동두천에서 태어나
국민학교 시절 앞으로는 논밭, 뒤로는 산이 있는 마을
에 살았습니다.
워낙 조용한 동네라 떠들썩한 것이라곤
새 울음소리 풀벌레 소리 흙바닥에 떨어지는 빗소리
가 전부인 곳이었습니다.
신발가방을 발로 차며 걸었던 논두렁길,
마을 입구를 지키는 아카시아나무 아래 누워
가로등 없는 길 위로 더 반짝이던 밤하늘을 보면서 신
비로운 감정을 느꼈습니다.
무식한 머릿속에선 설명되지 않았던 것들이
하나하나의 단어들을 끄집어내어 조립하면 글이 되
었고,
어린 시절 저는 혼자만의 행복한 놀이에 빠져들었습니다.

마흔 살이 다가오는 지금도
신비로운 감정은 불쑥불쑥 찾아옵니다.

400점 만점 수능시험, 저는 최선을 다해 문제를 풀었
지만 88점을 받았습니다.
사람도 삶도 여전히 답을 알아맞히기가 너무 어렵습
니다.
그래서 88편의 글을 용기내어 담아봅니다.

2023년 초겨울
양세형

4부 ————

**인생에도
앵콜이
있다면**

1부 ————

지치고
괴롭고
웃고
울었더니

싸릿마을

당차게 올라온 서울
이별해야 했던 동두천

복잡한 서울
지금은 익숙한 서울

편안한 동두천
지금은 추억의 동두천

산과 밭으로 둘러싸인 싸릿마을
언제나 가슴으로 안아주던 아카시아나무

쥐불놀이 통 돌리면
온 동네 빛나던 싸릿마을

시커멓게 타버린 고구마
반으로 자르면 언제나 황금빛

아직도 헐떡이는 서울에서
시커멓게 타버린 내 가슴

잘 익은 걸까?

아빠

맑은 하늘
고요한 바람
따뜻한 햇살

다 가졌지만
계속 떨리는 내 숨

흰 구름이 두둥실
벚꽃 향기가 음음음
집 떠난 제비 훨훨훨

다 지나가지만
멈춰버린 사진 속 그대여

어둡고 어지럽고
춥고 지저분하고 역겹고
모두 다 떠나도

나 다 이해할 테니
아주 가끔만
바쁘면 살짝이라도
내 꿈속 지나쳐주세요

잠시라도요
나 다 이해할 테니

코미디언

맑은 하늘
싱그러운 바람
눈부신 햇빛

참으로 웃기기 좋은 날이구나

대머리 가발을 쓰고
수염을 그리고
다크서클을 내리니

오늘은 빵빵 터지겠구나

인형탈을 쓰고
밀가루를 덮어쓰고
양동이에 걸려 넘어지니

웃음소리가 무대 천장을 뚫겠구나

후련함에 소주 한잔
행복함에 소주 한잔
걱정에 소주 한잔

깜깜한 밤하늘
차가운 바람
덩그러니 달빛

비틀비틀
달빛 조명 아래
비틀비틀

나는
코미디언이다

아빠 2

저멀리 보이는 불빛은
당신이 있는 곳일까요?

방안에 들어오는 바람은
어쩌면……
당신의 숨결 아닐까요?

나뭇가지 위 저 새가
혹시나 하는 생각에
바보가 되기도 한답니다.

무엇이었을까요?
당신은 저에게 무엇이었을까요?

푸르름

나의 푸르름

아빠가 해주는
삼겹살김치볶음 먹고 싶어요

걷다가 그냥 걷다가
보고 싶어 눈을 감았어요.
오늘은 어제보다 더 반갑네요.

오늘은 약속을 취소해야겠어요.
계속 보고 싶어서
눈을 뜰 수가 없네요.

저를 그렇게 보고 싶어 눈을 감았나요?

이젠 저를 계속 바라보고 있겠죠?

눈과 눈

꿈만 같았던 겨울밤
빛나던 하늘에서
뽀얀 낙하산을 펴고
천사들이 내려옵니다.

아이들을 웃게 합니다.

칠흑 같던 겨울밤
어두컴컴한 하늘에서
잿빛 낙하산을 펴고
악마들이 내려옵니다.

어른들을 울게 합니다.

선택

[국어사전]
지옥地獄

1. 큰 죄를 짓고 죽은 사람들이 구원을 받지 못하고 끝없이 벌을 받는다는 곳.
2. 죄업을 짓고 매우 심한 괴로움의 세계에 난 중생이나 그런 중생의 세계.
3. 아주 괴롭거나 더없이 참담한 광경, 또는 그런 형편을 비유적으로 이르는 말.

울어라, 지옥은 죽어서만 가는 게 아니다.

웃어라, 천국도 죽어서만 가는 게 아니다.

어른이 되던 날

어두컴컴한 밤
번쩍거리며
수줍게 들려오는
천둥소리가 귀엽던 날

난 조용히 창문을 열었다.

아빠와 아들

비 오는 걸 유난히 좋아했던 아빠
비가 오면 먼지 낀 창을 한참 보셨죠.

신기하게 저도요,
비가 오면 창을 한참 봅니다.

그리고 떠올립니다.
아빠가 창을 바라보는 모습을요.

혹시 할아버지가 비를 좋아하셨나요?

우리

우산을 던지고
비를 맞았더니
꽃이 피었다.

지치고 괴롭고
웃고 울었더니
빛나는 별이 되었다.

고집스럽게 버티던
겨울에 쓰라린 발끝은
굳건한 삶이 되었다.

한숨을 토해내고
눈감고 꿈꿨더니
해가 떠 있더라.

바다를 비추는 달빛과
달빛을 노래하는 파도는
그렇게 하나가 되었다.

꽃이 피고 별이 빛나고
삶을 버티고 해가 뜨더니

그렇게 우리는 하나가 되었다.

어차피 봄

나만 그런 게 아니라
누구나 그런 거더라

달고 쓰고
웃고 울고

한없이 외롭고
끝없이 쓸쓸하다가

노래하는 너더라
춤추는 나더라

눈 감았다 뜨면
그렇게 또 봄이 왔다

너도 나도 뒤돌면
뭣도 없더라

그냥 드러누워
햇볕이나 쐬자

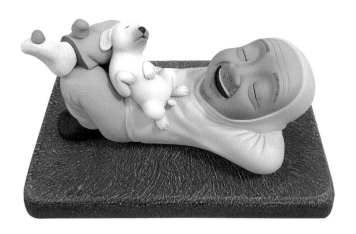

잡을 수 없는 바람이라 하였는데
난 오늘 그 바람을 잡았다

바람이
내게 오는 중이다.

경포호수 위로
서핑하며 강물을 타더니

풀잎들 사이사이
타잔처럼 돌아다니더니

노란 나비 한 마리
날갯짓에 옆으로 넘어지더니

천진난만하게 웃으며
종아리 타고 올라오더니

내 코끝 깊숙이
숨으로 들어왔다.

자연스레 미소가 번진다.
이루 말할 수 없는 감동이다.

어른이 된 어린이

어른이 되고 싶던
어린이는
어른이 되었고

어른이 된 어른은
어린이가 되고 싶네요.

아빠 번호

"지금 거신 번호는 없는 번호입니다.
확인 후 다시 걸어주시기 바랍니다."

오늘도 들려오는
차가운 목소리

아무도 받지 않을 걸 알면서도
통화 버튼 누르기 전 여전한 떨림

회신 없는 번호지만
지울 수가 없다.

"여보세요"를 듣기 위함이 아니다.

그냥.
그냥..
그냥...

2014년 7월 14일

그립지 않습니다.
보고 싶지도 않습니다.

그립고,
보고 싶으면

진짜 같잖아요.

그립고, 보고 싶다

08-2번 마을버스가
3번이나 지나쳤단 걸

4마리의 붕어빵이
종이봉투 안에서 식어가고 있단 걸

바늘 같은 가랑비에
옷이 젖어가고 있단 걸

핸드폰 배터리가
3프로밖에 안 남아 있단 걸

잠시 잊었습니다.

차가운 공기에 불붙여
깊숙이 빨아들이곤
가짜 담배 연기 뿜어봅니다.

잠시 잊었습니다.

시를 쓰게 하는 당신에게

시를 좋아하는 당신에게
시 한 편 보냅니다.

당신이 좋아하는
저의 시는요.
제겐 너무 쉬운 글입니다.

당신을 생각하고요…

떠올리는 단어만 적으면요…

그렇게 아름다운
시 한 편이 된답니다.

당신이 좋아하는
저의 시는요.
제겐 너무 쉬운 글입니다.

시를 좋아하는 당신에게
시 한 편 보냅니다.

맛있는 레시피

후라이팬에 자신감을 500g 넣고 잘 볶아주다가
미소 1큰술
친절함 1큰술
진정성 500ml 넣고 뚜껑을 닫아줍니다.

끓이면서 올라오는 지나친 욕심과 의심은 잘 건어내구요.
육수의 풍미를 올리는 노력 한 컵 배려 한 컵을 넣어줍니다.

요리하면서 중간중간 용기를 잃지 않는 것이 중요합니다.

마지막으로 제일 중요한 고백을 한 국자 넣어주면
세상에서 제일 맛있는 사랑이 완성됩니다.

*요리가 식을 수 있으니 관심 표현은 꾸준히 해주시길 바랍니다.

새벽 3시 37분

팔을 긁다가
잠에서 깼다.

이리저리 뒤척이다
스탠드 조명을 켰다.

멀뚱멀뚱 천장을
보는데

들어오는 숨
나가는 숨
살아 있다는 숨결이
머리를 어루만져준다.

미소를 머금고
눈을 감는다.

내일 아침은
소고기뭇국이다.

오늘도 파이팅

깜깜한 새벽

잠이 덜 깬 초등학생처럼
널브러진 이불을
달래주며 정리하고

열정이 넘치는 샤워기의
힘내라는 마사지를 받고

전기 아끼라던
외할머니의 말씀 잊지 않고
전등 하나만 켠
쨍한 불빛 밑으로

늘 내 숨을 보여주는 거울 속
반짝이려 하는 너의 찬란한
두 눈은 나를 살게 한다.

반짝이려 하는 네가 있어
반짝이는 내가 있다.

깜깜한 새벽이지만

오늘의 날씨는 맑음이다.

반짝반짝

손을 아무리 뻗어도 닿을 수 없는 별들
어쩌면 별들도 사람에게 닿을 수 없어
저리 깜박이는 걸까

어쩌면 별들에게도 닿을 수 없는 우리는

별이다

별의 길

잘 지냈소?
난 잘 지내오

그냥,
밤하늘의 별의 길을 따라가다
그대가 생각났소

난 몰랐소
밤하늘의 별이 좋다고 해서
그저 하늘을 어둡게 칠한 것뿐인데
그대 별까지 없앨 줄
난 몰랐소

기다리고 기다렸지만
그대에게 가는 별의 길은
나타나지 않았소

아쉬운 마음에
밤하늘의 어둠을
지우개로 지워보리오

잘 지냈소?
난 잘 지내오

오늘도 고개 들어
별의 길을 쳐다보오

2부 ————

내 힘이
되어줘

시를 읽기 전에

시는요
천천히 보아야 해요

시는요
머릿속에 그림을 그려가며 보아야 해요

시는요
글 속에 풍기는 향기를 맡아야 해요

시는요
가슴에 담아야 해요

시는요
보는 시간보다 생각하는 시간이 많아야 해요

시는요
내가 쓴 나의 글이라 생각해야 해요

시는요

계속 보아야 해요

그러면

시는요

당신의 볼에 달콤한 입맞춤을 한답니다

내 힘이 되어줘

내 힘이 되어줘
널 들어줄게

내 힘이 되어줘
널 안아줄게

내 힘이 되어줘
널 웃게 할게

내 힘이 되어줘
널 위로할게

내 힘이 되어줘
너의 힘이 될게

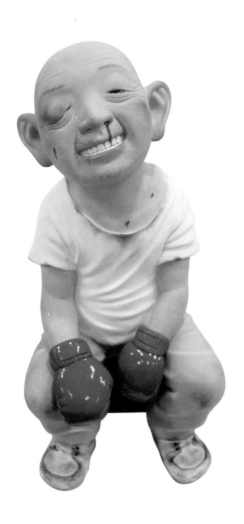

표현

감사합니다.
사랑합니다.
고맙습니다.
미안합니다.
반갑습니다.
그립습니다.

알아주겠지 하는 마음에 삼켰던 말들
당연하다고 생각하는 날부터
당연한 날들만 살 것이다.

생각의 차이

행복한 미래를 꿈꾸며
행복했던 사람이

불행한 미래를 꿈꾸며
불행한 사람이 되었다.

아직도 모른다

얼마나 알까
나는 너를

얼마나 알까
너는 나를

나는 너를
너는 나를

얼마나 알까
나는 너를

얼마나 알까
너는 나를

물어본다

깊어가는 주름아
무엇을 하였느냐?

웃고 울었고
행복했고 슬펐다.

늘어가는 새치야
왜 그리 되었느냐?

성공하고 실패했고
고민하고 좌절했다.

떨어지는 눈물아
왜 멈추질 못하느냐?

사랑하고 이별했고
기다렸고 못 잊었다.

오늘 서울은 맑음

안개가 사라지지 않았더라면
지금 어디쯤 걷고 있었을까?

뿌연 안개 속에서
뭐가 그리 좋았을까?

두 손 꼭 붙잡고
두 눈 꼭 감으면
그렇게 용감한 너였다.

꽃향기 따라 걷고
물소리 따라 걷고
그렇게 거침없던 우리였다.

안개가 사라지지 않았더라면
우린 어디쯤 걷고 있었을까?

이렇게 화창하고 맑은 오늘
두 손엔 깊어가는 주름이다.

이렇게 아름답고 멋진 오늘
두 눈을 꼭 감는다.

안개가 사라지지 않았더라면
우리는 사라지지 않았을까?

봄날의 산행

신발끈이 풀려
고개를 숙이니

낙엽 사이 피어나는
푸릇푸릇 작은 생명

요 녀석 네가
내 신발끈을 풀었구나

너의 어여쁜 두 잎을
보여주고 싶었구나

낙엽 이불 속에서
얼마나 설레었을까

어떤 꽃을 피울지는 모르겠지만
참으로 향기롭구나

혼자 여행하는 것

혼자 밥 먹는 것,
먹고 싶은 거 시킬 수 있는 것.

혼자 걷는 것,
가고 싶은 곳으로 갈 수 있는 것.

혼자 운동하는 것,
나의 페이스에 맞출 수 있는 것.

혼자 TV 보는 것,
하루종일 채널 돌릴 수 있는 것.

혼자 술 먹는 것,
밑잔 깔아도 되는 것.

혼자 여행하는 것,
배려하지 않아도 되는 것.

배려하지 않아도 되는 것,
나 혼자 있는 것.

어떤 향기

운동을 하고
샤워를 해도
피어나는 이 향기는
어디에 밴 걸까?

노란 물결 유채꽃
파도치는 바람에도
피어나는 이 향기는
어디에 밴 걸까?

오늘도 비틀비틀
또 술에게 혼이 났건만
피어나는 이 향기는
도대체 어디에 밴 걸까?

모두가 잠든 제주 밤바다
포근히 밟았던 발자국에

그 향기를 덜어본다.

두 눈 감으면
더 짙어지는 이 향기는
도대체 어디에 밴 걸까?

날씨 좋은 날

봄기운 가득 담은 햇살이
너에게 데려다주는 길이야

신호등이 파란색으로 바뀌고
지나가는 사람들이 모두
우리를 응원해

새절역 앞에 핀 벚꽃은
너의 아름다움에 가려져

마스크 속에 숨어 있는
숨길 수 없는 미소는

햇살이 너에게 데려다주는 길이야

지하철역 앞에서

온 세상의 색깔을 다 가져간
먹구름이 가득 낀 날
세상은 흑백이 되었다.

하늘도 땅도
나무도 꽃도
심지어 공기마저도
색깔을 다 잃어버렸다.

하늘색, 연두색, 노란색, 분홍색
지하철역 앞에
서 있던 너는
온 세상의 색깔을 가지고 있었다.

아름다운 색깔의 너는
흑백 속에서 빛나는 너는
황홀함이다.

다름

초등학교로 바뀌기 전
국민학교 2학년 때

계곡을 올라가
제 몸만한 바위를 들추며
잡았던 가재

엄마 몰래 가져온
깨끗한 반찬통에 모시곤

내가 제일 좋아하는
델몬트병 보리차 물을 부었더니

다음날 가재는 죽었다.

몰랐다, 너와 난
먹는 물이 다른 존재였다.

반복

하얀 눈을
열심히 굴렸다.

둥글둥글 모나지 않게
이리저리 굴렸다.

그렇게 눈사람이 되었다.

목도리를 해주고
따뜻하게 안아주었더니
눈이 녹기 시작했다.

다시 하얀 눈을
열심히 굴렸다.

그렇게 다시 눈사람이 되었다.

목도리를 해주고
따뜻하게 안아주었더니
눈이 녹기 시작했다.

다시 하얀 눈을
열심히 굴린다.

안 돼!!! 기다려~

멍멍~ 멍멍~
송곳니 드러내며
멍멍~ 멍멍~

한 마리 짖어대니
온 동네 개들이
멍멍~ 멍멍~

집 뒤로 숨어서 멍멍~ 멍멍~
개구멍 사이로 멍멍~ 멍멍~

앞에선 꼬리 흔들고
뒤돌면 멍멍~ 멍멍~

강아지야
짖어야 할 때 짖어라.

이름 모를 풀

돌 틈을 비집고 나온 푸른 잎은
지나가는 걸음들 속에서도 굳건히 꽃을 피웠다.

인도 블록에 꽃핀 민들레
노랗게 꽃핀 그 수줍던 민들레

웃을 때 참 향기로웠고
잠들 때 참으로 고왔다.

순식간이었다.
홀씨가 된 민들레는
바람이 불더니
그렇게 사라져버렸다.

지나가는 걸음들 속

짓밟히고 뭉개지고 찢어지고

그렇게 민들레는 이름 모를 풀이 되었다.

이름 모를 풀은 진심으로 바란다.

홀씨가 좋은 곳에서 꽃피우길.

집으로 가는 길

흔들리는 지하철
흔들리는 사람들

누가 그들을 힘들게 하고
누가 그들을 웃게 하는가

어떤 이에겐 행복한 오늘
어떤 이에겐 서글픈 오늘

흔들리는 지하철에
두 발로 중심을 잡는다

흔들리는 나의 길에
두 발로 중심을 잡는다

다음 역으로 이동하는

지하철에선

모든 사람들은 흔들린다

나방의 꿈

달리는 지하철 문 앞
뿌연 창에 비치는
이 아름다운 몰골이여

그렇게 불빛을 쫓고도
나비인 줄 알았더냐

꽃과 함께 춤을 추며
바람 타고 여행 가는
그런 꿈을 꾸었느냐

불빛 아래 꽃 잃은 나비가
이리저리 비틀거리는구나

환승하는 갈림길에 불빛 찾는 몰골이
이리저리 비틀거리는구나

그림자

길게 드리운
검은 그림자
표정 알 수 없어
차갑기만 하고

길게 드리운
검은 그림자
피곤한지 움직일
생각이 없다

해 높이 떴을 때
함께하고 싶지만
짧아지는 그림자는
땅에 처박힐 뿐

밝은 태양은

나를 검게 만든다

어둠 속 작은 빛이

그림자를 더 크게 만든다

별똥별

불빛들이 저리 밝은데
난 왜 이리 어둠일까

불구덩이 속에 빠지던 나인데
너를 찾아 헤엄치니
숨이 쉬어지던 나더라

이 밝은 불빛은
너에게 뜨는 눈이고

이 적막한 어둠은
너에게 바치는 나의 기도이다

떨어지는 별이
내 소원 들어주려나……

흰머리

하얀 꽃이 핍니다.

한 송이 피고
두 송이가 피더니
세 송이가 피어납니다.

꺾으려 하지 말고
바라봐주세요.

벅찼던 삶의 씨앗에서
하얀 꽃이 핍니다.

제법 어른 향이 납니다.

곧 마흔

원래부터 베개는 두 개였는데
언제부턴가 한 개가 외롭다.

원래부터 한 개는 다리 사이에 꼈는데
언제부턴가 팔 사이에 낀다.

원래부터 베개는 꿈을 꾸기 위함인데
언제부턴가 베개가 꿈을 꾸게 한다.

3부 —————— 짝짝이 양말,

울다 지쳐

서랍에

잠들다

고개 들어 하늘 봐요

보산 국민학교 운동장
나에게만 보였던
하늘의 거대한 공룡 구름은

디지털미디어시티 광장에서도
역시나 나에게만 보인다.

부리부리한 눈과
날카로운 발톱의
거대한 공룡이 나타났는데
아무도 궁금해하지 않는다.

제발 누구라도 봤으면 좋겠다.
오늘은 공룡 뒤로
불사조도 나타났기 때문이다.

보물창고

보물찾기는 그만하기로 했습니다.

거울을 보고 아~ 벌리면

왼쪽에 세 군데 오른쪽에 한 군데

금덩어리가 한가득입니다.

내가 웃으면 보물창고가 열립니다.

보물찾기는 그만하기로 했습니다.

오늘도 활짝 웃습니다.

나의 보물입니다.

꿈

집채만한 아카시아나무에 기대어
꽃향기 가득 들이마시곤
나뭇잎 사이사이 삐져나온 햇살을 바라보며
어른이 되는 꿈을 꾸었다.

어른이 된 지금
푹 꺼진 소파에 기대어
다시 돌아가고 싶은
그런 꿈을 꾼다.

타인의 삶

시작돼버린 그들의 세상 속
원격조종으로 빈껍데기가 되어선

노 없는 배가 되어
목적지 없는 망망대해를 떠돈다.

춤추는 마리오네트는
공연이 끝나면
컴컴한 창고에서 꿈을 꾸고

마리오네트를 움직이는 이는
공연이 끝나면
달빛 하늘 아래서 꿈을 이룬다.

나의 삶 나의 길
그 아름다운 연주의 지휘자는
찬란하게 빛나는 오롯한 나일 뿐.

노란 물결 잘 익은 벼들이
바람에 흔들리는 소리에
춤출 수 있는 오롯한 나입니다.

출발

좌회전으로 가도 되고
우회전으로 가도 되고
직진으로 가도 되고
유턴해서 가도 되고

행복의 길로 가고 싶다면
일단 시동부터 거세요.

제 친구들을 소개합니다

아침 7시 23분
늦잠꾸러기 우리집은
아직 꿈나라 여행중입니다.

여름날 더 고생하는 냉장고는
밤새 코를 골지만
다들 아랑곳하지 않고 꿀잠중입니다.

하루종일 떠들어댔던 TV는
초등학생 아이처럼 한참 뛰어놀곤
뒤척임 하나 없이 꿀잠중입니다.

집에 같이 사는 놈이 걸어둔 가방 때문에
잠을 설쳤을 의자는
오늘 하루 피곤할 것 같네요.

우리집의 든든한 불침번

작은 조명은 해가 떠오르니
슬슬 졸린지 불빛이 점점 흐려지네요.

키보드 치는 소리에 깰까봐
키보드도 ㅉ조ㅗㄴㄴㅗㅆㅅㅣ넘ㅁㅁㅁ히ㅣㅣ
누른답니다.

아침 7시 41분
이제 슬슬 잠들어 있는 샤워기를 깨워야 합니다.
오늘도 비몽사몽 찬물부터 나오겠네요.

늦잠꾸러기 우리집은
저의 제일 소중한 친구들입니다.

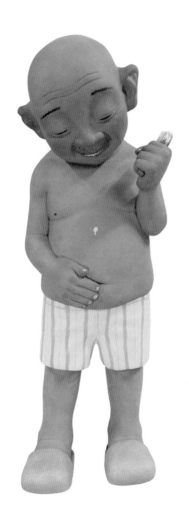

양말

얼마나 외로웠을까.
한쪽 양말
서랍 깊숙이 어두운 곳에
울다 지쳐
엎드려 잠들어 있다.

짝짝이 양말들 속
한쪽 양말
얼마나 서러웠을까.
얼마나 부러웠을까.
얼마나 그리웠을까.

얼마나 힘들었을까.
한쪽 양말
세탁기와 벽 틈 사이
오르다 지쳐
세탁바구니 멍하니 본다.

드디어 찾은
한쪽과 한쪽
잘 접어주었더니
양말이 따뜻해졌다.
마음이 따뜻해졌다.

퇴근

어둠이 오길 기다려요
깜깜한 어둠이 반가워요

세상의 조명이 꺼지면
당신의 목소릴 들어요

당신의 목소리는
내 눈을 감겨줍니다

당신의 목소리는
나를 눈뜨게 합니다

당신의 목소리는
내 전부입니다

한여름이 크리스마스같이
설레는 건 너 때문인 거 같네요

고백

화양동에서 나만 좋아했던 민물매운탕은
너의 분홍빛 볼을 더 붉히고

아몬드봉봉을 먹었던
한남동 골목에선 내 볼을 밝혔어

예술의전당 미술작품들은
역시나 널 봤던 내 눈엔
다 부질없었어

숨이 멎을 것 같던
대학로에선 무슨 용기였을까

그때의 한 걸음 한 걸음은
용기의 한 걸음 한 걸음들

너의 분홍빛 볼은
내가 지켜줄 거야

고마워

좁은 골목길
어둠 속 불안함을
밝혀주던 가로등은
날 위로해주는 빛이었다

앞만 보며 달리던
감정이 메마르던 날들
가로등 밑 너는
날 깨운 빛이었다

해가 뜨면
가로등은 꺼지겠지만
나의 빛은 이제부터
너를 비춘다

입맞춤

질 듯 말 듯 노을과 어둠의 밀당 속
늦잠 자는 가로등 밑

너와의 입김 속 씨름은
맑은 하늘 비행기의 꼬리구름처럼
끝날 기미가 없고

반딧불들의 열띤 행진은
너와 나의 그림자를 더 가깝게 만든다.

숨죽여 지켜보던 지붕 위 고양이도
조용히 눈을 감는다.

피어납니다

꽃이 피어나는 건
자연의 순리가 아니라

꽃이 피어났더니
자연이 흘렀던 것이다.

그대를 사랑하는 건
우연한 인연이 아니라

그대를 만났더니
인연이 운명이 된 것이다.

꽃이 피어나면
운명은 시작된다.

찔레꽃

따가운 가시 위로
찔끔찔끔 올라갑니다.

찔레꽃이여

그 아름다운 봉오리
가는 길에 많이 다치네요.

따가운 가시 위로
성큼성큼 올라갑니다.

찔레꽃이여

나의 땀으로
당신을 피운다면

저 보지 마시고
꽃피우소서.

순백의 찔레꽃이여
봉오리 피우소서.

저는 당신을 꽃피우는
땅이 되렵니다.

불면증

너 생각하면서
자려고 했는데

너 생각하다가
못 잤어.

밝은 밤

뜨거워진 심장을
하늘은 알았다

바람에 섞인 빗방울이
우리의 얼굴을 적셨다

우산이 없는 우리를 위해
다소곳이 내려온다

깊어가는 어둠인데
한없이 밝은 밤이다

수국 같은 내 마음
안개꽃은 아시려나

달리는 건 택시인데
숨이 차오른다

너라면

너의 얼굴이 바뀐다면
너를 사랑할 수 있을까?

너의 성격이 바뀐다면
너를 사랑할 수 있을까?

너의 스타일이 바뀐다면
너를 사랑할 수 있을까?

너의 모든 게 바뀐다면
너를 사랑할 수 있을까?

믿기 어렵겠지만
나는 사랑할 수 있어.

나도 모르겠는데
너라면 사랑할 수 있어.

이 모든 게 뭔지 모르겠는데
너라면 사랑할 수 있어.

너니까 그게 너니까
너라면 사랑할 수 있어.

말이 되는 이유

별을 따다
당신의 부드러운 목에
걸어드리고

달빛을 가져와
당신의 가녀린 손에 가득
담아드릴게요.

말도 안 되죠?
저 밤하늘의 별과 달을
당신에게 드린다뇨.

당신 생각에 잠 못 이룹니다.
당신 생각에 모든 것들이 아름다워 보입니다.
당신 생각에 미소가 지어집니다.
당신 생각에 살아 있음에 감사합니다.
당신 생각에 시간이 멈추기도 빨라지기도 합니다.

당신 생각에 모든 사랑노래들이 우리 얘기로 들립니다.
당신 생각에 나도 모르게 이런 글을 쓰고 있습니다.

말도 안 되죠?
당신 생각에
이 모든 것들이 변한다니요.

그러니 당신에게
별과 달을 드리겠습니다.

너에게 가는 길

샤워를 하고
향수를 뿌렸어요.
거울 앞에서 패션쇼도 하구요.

당신에게 가는 길
예고 없던 비가 내려요.
전 우산을 챙기질 못했죠.

폭우가 내리는데
우산이 없는 나는
이 세상에서 제일 행복합니다.

빗소리

빗소리가 좋다
너만큼

먹구름 가득
이곳 서울에

니가 있어 좋다
이 빗소리만큼

순정

강변북로에 피어나는 코스모스는
수많은 차들이 지나가는 바람에도
꼿꼿이 고개 들어 그대를 찾습니다.

그대는 나를 꽃피우게 하고
그대는 나를 떳떳하게 하고
그대는 나를 설레이게 합니다.

저는 코스모스입니다.
저의 꽃말은 순정입니다.

보고 싶어

보고 싶어 널 생각했는데
널 생각하니 더 보고 싶어졌어

보고 싶어 널 봤는데
널 봤더니 더 보고 싶어졌어

꿈에서 보고 싶어 널 꿈꿨는데
더 보고 싶어 일어날 수가 없어

일어나서 보고 싶어 널 생각했는데
널 생각하니 더 보고 싶어졌어

그러니까 내 말은
지금 어디야?

훨훨

너는 나의 한쪽 날개
나는 너의 한쪽 날개

그럼
날아볼까?

끄적끄적

펜을 들었다

끄적끄적
빈 노트에
끄적끄적

이리저리 펜을 굴리고
썼다가 지웠다가

끄적끄적
그렇게 또
끄적끄적

네 이름 적고
바라보니
참 이쁘구나

펜을 놓았다

헤어질 걸 알면서도

반짝 반짝

반 짝 반 짝 반짝

반   짝 반   짝

반 짝 반   짝 짝 짝……

망가진 트리는요

저의 마음인걸요……

짝사랑

날 좀 봐주세요
날 좀 봐주세요
저를 좀 봐주세요
저기요
여기 좀 봐주세요
거기 말고 여기요
저 여기 있어요
손들고 있는 저
저를 좀 봐주세요
왜 나만 안 보나요?
이렇게 해봐도,
저렇게 해봐도,
왜 나만 안 보나요?
한 번만 봐주세요
제발 한 번만 봐주세요
고개 살짝만 돌리면
제가 있어요

날 좀 봐주세요
잠깐만이라도요
어려운 거 아니잖아요,
딱 한 번만이라도 좋으니
저를 좀 봐주세요

다 보는데,
왜 저만 안 보나요
왜 저만 안 보나요
왜 나만 안 보나요
왜 나만……

마중

벚꽃이 피었다니
당신이 오셨군요.

하얀 꽃송이
한가득 피어나니,

수줍은 벚꽃 향기에
저의 마음 보내요.

떨어지는 꽃잎들
손바닥에 담아주세요.

당신에게 향하는
저의 마음입니다.

벚꽃이 피었다니
내 님을 반깁니다.

떨어진 꽃잎

떨어진 꽃잎을 자세히 볼 필요 있나요?

어차피 시들 텐데

말라비틀어져

바스락거리는 소리에 돌아보면

가루가 돼 있을 텐데

떨어진 꽃잎을 자세히 볼 필요 있나요?

어느 누구에겐 용기이고
어느 누구에겐 축하이고
어느 누구에겐 기쁨이다

가루가 되어버린 꽃잎일지라도

꽃이다……

자세히 보지 마라
너의 눈엔 그 어떤 것도
떨어진 꽃잎일 것이다

떨어진 꽃잎을 자세히 볼 필요 있나요?
라고 묻는다면

시든 너의 마음에
물을 주어라

당신은 잘못 없습니다

분명 저의 눈을 바라봐주셨는데요
분명 제게 먼저 말 걸어주셨는데요
분명 제게 미소를 보내주셨는데요
분명 저의 얘기에 공감을 해주셨는데요
분명 오늘 너무 즐거웠다고 얘기하셨는데요
분명 다음에 또 보자고 하셨는데요
분명 분명이라고 생각했는데요

그렇게 또 바보가 됩니다
그렇게 또 멍청이가 됩니다
그렇게 또 똥개가 됩니다

끝

적막한 바다 위

나의 한숨이

파도가 되어

모래 위 새겨놓은

그대를 지웁니다.

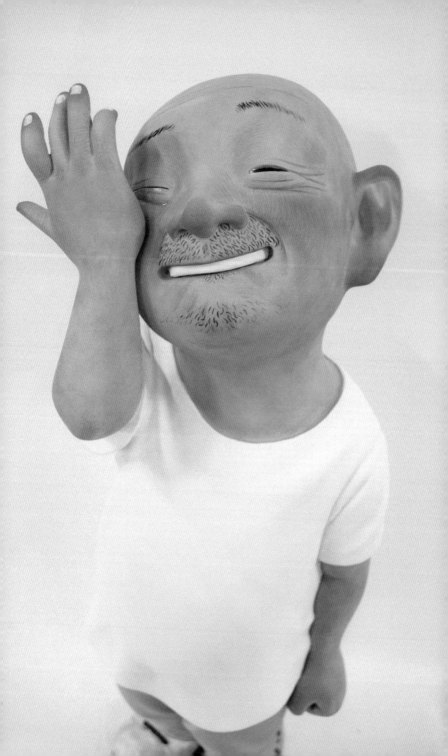

지워지지 않는다

질려버린 나인가요
이젠 바라보지 않네요

쓸데없는 나인가요
이젠 눈길조차 주지 않네요

겨울비 오며 떠난 당신
겨울비 오면 떠나오나요

인상 찌푸릴 먹구름 가득 낀 날
아직도 두 팔 벌려 설레입니다

4부 ─────── 인생에도

앵콜이

있다면

코미디 빅리그

듣고 싶은 게 있어요,
당신의 웃음소리요.

언젠가 잃어버린 저의 웃음은
당신의 웃음소리로 채워집니다.

듣고 싶은 게 있어요,
당신의 박수 소리요.

언젠가 잃어버린 저의 자신감은
당신의 박수 소리로 채워집니다.

듣고 싶은 게 있어요,
당신의 함성 소리요.

언젠가 잃어버린 저의 희망은
당신의 함성 소리로 채워집니다.

당신의 웃음은요,

당신의 박수는요,

당신의 함성은요,

우리를 꽃피웠답니다.

그런 우리는요,

당신을 꽃피우려 했답니다.

무대 위에서 바라보는 그대님들은

세상에서 가장 아름다운 꽃밭이랍니다.

관객

당신이 웃으면 전 행복해요

당신의 웃는 모습은 참 아름다워요

당신을 웃게 하기 위해서 돌진해요

아프고 지치고 외롭기도 해요

괜찮아요,

힘차게 박수치는 당신이 있기에

그런 당신을 웃게 할 수 있기에

힘내어 돌진합니다

당신이 웃으면 전 행복해요

우리 영원히 행복해요

어딘가에 있을 당신에게 이 글을 드립니다

직업

당신을 떠올리게 하는 것들은
나를 시인으로 만듭니다.

당신의 콧노래는
나를 지휘자로 만듭니다.

당신과의 앞날은
나를 화가로 만듭니다.

당신의 기침 소리는
나를 의사로 만듭니다.

당신의 환한 웃음은
나를 개그맨으로 만듭니다.

그대여,
당신은
나를
만듭니다.

그리움

죽어 있는 꽃은 없다.

그 꽃도 그랬다.

말라비틀어지기 전까진……

말라버린 꽃은 죽었다고 한다.

쓰레기통에 버려진 마른 꽃 향기는
부서지고 가루가 되면서
그 향이 더 진해진다.

이 세상에 죽어 있는 꽃은 없다.

그 향기를 기억하는 이가 있다면
그 꽃은 죽지 않았다.

어쩌면

더 기억해주길 바라며
깊은 향기로 남았나보다.

딸기우유

하늘을 날고 있어요.
꿈이에요.

이 외로움이 영원할 것 같죠.
걱정이에요.

무서운 생각이 가득하죠.
환상이에요.

거울을 보고 웃어 보입니다.
나는 지금 웃고 있습니다.

딸기우유를 마십니다.
나는 지금 행복합니다.

유난히 눈부신 햇살입니다.
나는 지금 설레입니다.

꽃밭

그렇게 바라던 위로 왔더니
또 위를 바라보고

또 그렇게 바라던 위로 왔더니
또 위를 바라보고

적당히 해
어른아

네가 원하던 곳
지금 여기야

고속도로 다리 위에 쓰여 있는 글

"잠깐의 휴식이 당신의 안전을 지켜줍니다"

내 맘속에 쓰여 있는 글

"잠깐의 당신 생각이 나의 안전을 지켜줍니다"

나 홀로 떠났던 오죽헌에서

슬리퍼 신고
우산 돌리며 걸어가는
흰 수염 아저씨

핑크색 원피스를 입고
수돗가에서 손 씻는
귀여운 아줌마

계속 울어대며
아빠와 대치중인
꼬마 대장님

날이 개어서 그런지
신나게 웃어대는 매미들

내 님 찾아 불러대는
새들의 하모니

나 좀 봐달라고
향기 내뿜는 새침데기 꽃들

아무것도 하지 않아도
충분한 아름다움이다.

바라만 보아도
넘치는 행복이다.

이 얼마나
감사한 삶인가.

그대여 당신도

반짝이는 별을 바라보며
초라한 내 모습에 눈물을 흘린다

그런데

별을 바라보는 별은
모른다
자신이 별인 줄

그대여
당신도
빛나는
별이다

그러지 말걸

그렇게 녹아 없어져버릴
달콤한 사탕이었다면
뱉어버릴걸

바라만 볼걸
아니 바라보지도 말걸

생각만 할걸
아니 생각하지도 말걸

그렇게 녹아 없어져버릴
달콤한 사탕이었다면
그러지 말걸

오지 마세요

달을 보며 꿈꾸던 토끼는
달을 향해 뛰기 시작했다.

깡총 깡총 깡총

반짝이는 달 속에서 토끼는
꿈꾸듯 황홀했다.

돌아가려던 토끼는
다시 뛰기 시작했다.

깡총 깡총 깡총

달 속에 갇혀버린
토끼는 돌아가지 못했다.

다시 돌아가
달을 보지 않겠노라
달을 꿈꾸지 않겠노라
외치고 두들겼지만
토끼는 돌아가지 못했다.

깡총 깡총 깡총

오늘도 토끼는 뛰고 있다.
내일도 토끼는 뛰고 있다.
그렇게 토끼는 뛰고 있다.

깡총 깡총 깡총

다른 토끼가 오는 중이다.

소유

갖고 싶어서 얻었던 행복들이
잃을까봐 걱정이 되기 시작했다.

뜨고 지고 뜨고 지고

해는 언젠간 져

떠 있을 때 발버둥치며 빛나

계속 빛날 순 없어

구름이 가릴 수 있거든

걱정하지 마

지나가는 구름이야

지나가고 더 밝게 빛나

그런데 있잖아

또

해는 언젠간 져

1909호

이제 남은 건
빨간 소주 한 병과
달걀프라이 반숙 두 개

최후의 만찬을 즐긴다.

개미처럼 보이는 사람들
장난감처럼 보이는 자동차들

그동안 잘 버티던
그 선을 넘기로 한다.

넘어가는 길 긁힌 팔꿈치에서
느꼈던 아픔 그리고 웃음

연고를 펴 바르곤
내일 해장을 위해

닦아야 할 설거지들
퐁퐁을 듬뿍 짠다.

뭐가 그리 웃긴지
그릇들도 뽀드득뽀드득 웃기만 한다.

아픔을 닦으면 내일은 웃음이다.

이 책에 수록된 박진성 작가 조각작품 일람
(작품명, 제작연도)

괜찮다 괜찮다
(2012)

괜찮다 괜찮다
(2022)

별이 빛나는 밤에
(2012)

파랑새
(2014)

파랑새
(2014)

첫눈
(2018)

소나기
(2015)

햇살 좋은 날
(2022)

괜찮다 괜찮다
(2014)

전하지 못한 말
(2015)

괜찮다 괜찮다
(2013)

소나기
(2016)

My Story
(2021)

울다 지쳐 잠든 이 밤
(2015)

웃음이 난다
(2020)

별이 빛나는 밤에
(2016)

My Story
(2023)

괜찮다 괜찮다
(2012)

괜찮다 괜찮다
(2012)

괜찮다 괜찮다
(2012)

전하지 못한 말
(2012)

파랑새
(2019)

햇살 좋은 날
(2023)

첫눈
(2016)

나의 노래
(2020)

별이 빛나는 밤에
(2014)

울다 지쳐 잠든 이 밤
(2015)

풍선
(2017)

양치
(2015)

입던 옷
(2014)

첫눈
(2012)

첫눈
(2022)

별이 빛나는 밤에
(2021)

My Story
(2021)

웃음이 난다
(2016)

나의 노래
(2019)

전하지 못한 말
(2015)

먼지 하나
(2013)

소나기
(2012)

풍선
(2021)

별 헤는 밤
(2018)

자가치유
(2018)

빨간 안경
(2014)

상처투성이
(2013)

별의 길

ⓒ 양세형 2023

1판 1쇄 2023년 12월 4일 | 1판 7쇄 2024년 2월 8일
2판 1쇄 2024년 6월 5일

지은이 양세형

기획·책임편집 이연실
편집 엄현숙
조각상·표지그림 박진성
디자인 엄혜리
마케팅 김도윤
브랜딩 함유지 함근아 고보미 박민재 김희숙 박다솔 조다현 정승민 배진성
저작권 박지영 형소진 최은진 서연주 오서영
제작 강신은 김동욱 이순호
제작처 영신사

펴낸곳 (주)이야기장수
펴낸이 이연실
출판등록 2024년 4월 9일 제2024-000061호
임프린트 이야기장수
주소 10881 경기도 파주시 회동길 455-3 3층
문의전화 031) 8071-8681(마케팅) 031) 955-2651(편집)
팩스 031) 955-8855
전자우편 pro@munhak.com
인스타그램 @promunhak

ISBN 979-11-987444-7-0 03810